EL MICALET

GALÀCTIC

EL MICALET GALÀCTIC

COL·LECCIÓ DIRIGIDA PER JOSEP A. FLUIXÀ

ÚLTIMS TÍTOLS PUBLICATS

57. *El cas misteriós de la lletra malalta.* Mercé Viana / Anna Miralles
58. *La Penya dels Pirates.* Joaquim G. Caturla / David Salvador
59. *Els vampirs d'Ottawa.* Eric Wilson / Richard Row
60. *Terror a Winnipeg.* Eric Wilson / Gavin Row
61. *La mansió del terror.* Jesús Cortés / Paco Hernàndez
62. *Quines bèsties!* Antoni Albalat / Gerard Miquel
63. *Un pintor molt guai.* Mercé Viana / Paco Giménez
64. *Pometa dolça.* Enric Lluch / Inés Luz González
65. *Qui t'ha dit que el món era blanc?* M. Jesús Bolta / Vicente Javier Villena
66. *Els animals agraïts.* Llorenç Giménez / Anna Roig
67. *L'ull de la mòmia.* Jesús Cortés / Francesc Santana
68. *Pirates de la marjal.* Mariano Casas / Joan Arocas - Andrés Carlos López
69. *Ulisses, el meu gat.* Josep Franco / Enric Solbes
70. *El món subterrani.* Angela Sommer-Bodenburg / Magdalene Hanke-Basfeld
71. *Els cocodrils del barri.* Max von der Grün / Joan Arocas
72. *Com una cabra.* Maria Dolors Pellicer / Josep Ferrer
73. *Bum-bum! El fastasma esvalotat.* Mercé Viana / Felip Baldó
74. *La reina Ataülfa.* Josep A. Fluixà / Antoni Laveda
75. *L'autobús d'aniràs i no tornaràs.* Joan Pla / Kino Garrido
76. *El color del blat.* Eva Dènia / Sebastià Dènia
77. *El taller de l'humor.* Jordi Moreno i Paco Moreno / Kino Garrido
78. *L'Odissea.* Adaptació de Jesús Cortés / Enric Solbes
79. *Mira quina estrella.* Maria Jesús Bolta / Josep Vicó
80. *De cine, Tereseta!* Josep Gregori / Ferran Boscà
81. *La fada masovera.* Vicent Marçà / Ramon Pla

Hi ha unes *Propostes Didàctiques*, referides a aquest llibre, que es poden adquirir de forma gratuïta a través d'internet (www.bromera.com).

Disseny de la col·lecció: *Enric Solbes*
Impressió: *T.G. Ripoll S.A.- Paterna*

1a edició: *març, 1992*
14a edició: *juliol, 2002*
ISBN: *84-7660-118-2*
DL: *V-2605-2002*

EL MICALET GALÀCTIC

¡Estàs com una moto!

Pasqual Alapont

Il·lustracions de Francesc Santana

A Ferranda, pels seus ulls redons
com ametletes, ¡nyam, nyam!

La meua família

Avui, la mestra ha vingut a classe acompanyada d'una xica jove. Era molt bonica i simpàtica, i això era prou perquè tots els companys començàrem a fer la cabra. La mestra ens ha dit:

—Us presente Marcel·la, que és psicòloga.

—¿I això es contagia? —li ha preguntat Ricard, que és un dels meus amics.

La classe ha esdevingut, aleshores, un guirigall de crits i rialles. La mestra no estava massa contenta i ens ha preguntat si volíem que repartira una bona pila d'exercicis com a castic, però com no ho volia ningú, hem callat de seguida. La veritat és que la mestra podria ser un poc més comprensiva amb nosaltres, perquè no tots els dies tenim una psicòloga a classe i això ens havia posat nerviosos. Tots pensàvem que ens obriria el cap per veure què tenim a dins, però Marcel·la, la psicòloga, ens ha tranquil·litzat i ens ha dit que únicament havíem de fer un no sé què d'intel·ligència i un dibuix.

Això sí que ens agrada: dibuixar. Jo he pensat que faria un cotxe descapotable amb un grapat de centímetres cúbics i tracció a les quatre rodes. Empar, que és una amiga meua, volia dibuixar un vaixell pirata amb gran quantitat de veles, i ens anava a dibuixar a tots de pirates. És molt bona companya, l'Empar. Miquel anava a dibuixar una granja plena de borrecs, vaques, gallines i porcs. Se n'ha organitzada una de bona quan ha comentat que els porcs tindrien les nostres cares. Té unes idees brillants, aquest Miquel. En fi que, entre tots els companys, havíem aplegat un fum de coses per dibuixar.

No ha costat massa temps a la mestra fer-nos callar, perquè uns quants exercicis per a casa són prou convincents. A Miquel, la seua broma li ha costat quedar-se a classe durant l'esbarjo, però, ben mirat, no n'hi havia per a tant, veges tu si no quedàvem afavorits de porquets. Li podríem proposar, a la mestra, que per a la festa de fi de curs ens en disfressàrem.

Marcel·la, però, ha dit que no li interessaven els cotxes, ni els vaixells ni els pirates, i, no cal dir-ho, tampoc els xiquets amb cara de porquet. Ricard ha comentat que, aleshores, la seua vida devia ser bastant avorrida, i la mestra li ha replicat que durant l'esbarjo faria companyia a Miquel.

El que interessava a Marcel·la era que férem un dibuix de la nostra família i que ens hi incloguérem. Jo li he dit que els cotxes descapotables m'eixien millor que les famílies, però ella, amb un somriure que m'ha deixat un poc embadalit, m'ha contestat que això no importava res per al resultat de la prova, que únicament li interessava per a conéixer-nos millor.

La mestra ens ha repartit els papers de dibuix i tots ens hem posat a fer la faena. En primer lloc, he dibuixat mon pare, Jaume, que és molt gran i té una panxa impressionant. És bastant calb, però jo li he afegit uns quants cabells perquè si se n'assabenta, a mi, també podria caure'm el pèl. És una mica susceptible amb totes les qüestions que es relacionen amb la seua cabellera. De tota manera, he pres com a model una bola de billar que un company havia portat a classe. També té un bigot espés que es retalla de tant en tant i que se li ompli d'escuma quan beu cervesa. És genial. A mi, el bigot m'ha eixit un poc mexicà, llarg i caigut per les bandes, però és igual. Mon pare és escriptor de llibres seriosos amb un fum de lletres xicotetes, per això l'he dibuixat escrivint amb la màquina d'escriure i cridant: «¡Silenci, ací no es pot treballar, me'n vaig al casino!», que és el que fa cada dissabte per jugar a cartes amb els seus amics. Em sembla que m'ha quedat bastant bé, però amb aquella panxota m'ha ocupat gairebé la meitat del full.

Després, he dibuixat ma mare, que és baixeta i té una veu molt dolça. Li he posat una espardenya a la mà perquè sempre que en faig alguna, de bona, em diu que em fotrà una pallissa en el cul amb l'espardenya. Com que no sé si quedava clar que el que du a la mà és una espardenya, he posat un rètol al damunt. Seria terrible que Marcel·la pensara que es tracta d'un ratolí que ha caçat ma mare i que el mostra a mon pare. Ma mare és una maniàtica de la neteja, però ja no quedaven mans on posar-li un drap i el detergent, per tant, com que no volia dibuixar-li tres braços perquè Marcel·la pensaria que sóc un monstre, li he col·locat una safa als peus com si estiguera rentant-se'ls. Crec que, d'això, se'n diu una metàfora.

En acabant he dibuixat Roser, ma tia, la germana de ma mare. Roser és tan flaca que sembla un abadejo. És molt simpàtica i únicament s'enfada si li trepitges la casa acabada de llavar. Aleshores fa uns crits que retrunyen per tota la casa. L'he dibuixada vestida amb un xandall verd, perquè li agraden molt els esports. El divendres es queda a casa amb uns amics i hi organitzen unes partides de dòmino increïbles. La veritat és que ma tia, en qüestions esportives, no té cap rival.

Després he demanat a la mestra un altre full perquè ja no m'hi cabia res més i encara havia de dibuixar Frederic, el meu avi, Jordi, que és un gos molt xatxi i jo.

—¿Com?, però si la teua família no és gens nombrosa —se n'ha sorprés la mestra.

MARCIA

—Ja li havia dit que, a mi, això de dibuixar famílies no m'acabava de fer el pes.

—Bé, no passa res —ha intervingut Marcel·la—, et donarem un full més i després l'enganxarem amb l'altre. ¿Et sembla bé, rei?

¡Ah!, m'ha dit rei. Marcel·la m'ha dit rei. M'he quedat petrificat davant seu i he envermellit tant que les galtes em cremaven.

—¿Et passa res, Manel? —ha preguntat la mestra.

—No res, que pensava si podria posar Marcel·la també al dibuix.

Quasi em desmaie quan les dues han començat a riure. Després, Marcel·la, que no parava de somriure com ho fan en els anuncis de dentrificis, m'ha acaronat els cabells i m'ha explicat que això no podia ser, perquè ella no pertany a la meua família, però que si m'interessava molt podria fer-li un dibuix després d'acabar el treball. Crec que estic enamorat de Marcel·la.

En tornar al meu pupitre, les cames em feien figa. Ricard, el meu company, estava una mica gelós i m'ha dit que, en acabar la classe, ens batríem en duel perquè ell també volia dibuixar la psicòloga. Jo no li he fet massa cas perquè Ricard és molt apassionat i he començat a dibuixar Jordi, el meu gos. El nom és cosa de mon pare, que té molta imaginació. I la veritat és que és genial, perquè la gent sempre posa una cara molt divertida en sentir-lo, quan els presentem el gos. Jordi no és un gos de raça, però a ell tant se li'n dóna perquè no sap què és això de ser un gos de raça. A Jordi, li agrada la vida tranquil·la encara que, si ve al cas, també sap traure les dents, com aquella vegada que la tia Roser va dur un pastís enorme per al dinar i quan arribàrem a les postres isqué Jordi tot brut de xocolate. ¡Ostres!, al principi ens empipàrem una mica, però després Jordi es va posar malalt i ens vam espantar. Afortunadament, el gos es curà en un parell de dies, encara que el meu pare li va prohibir que s'acostara pel menjador durant molt de temps. Jo pense que tampoc no n'hi havia per a tant perquè, ben mirat, si haguérem pogut, jo crec que qualsevol s'hauria pegat una bona fartada com el pobre Jordi. Al meu gos, el que li agrada de debò és dormir, de manera que l'he dibuixat a la butaca del meu pare, que és on es col·loca a fer la migdiada. No cal que conte les baralles que s'armen quan els dos volen fer una becaina a la mateixa hora.

Després, he dibuixat Frederic, el meu avi. Frederic també té una bona panxota com el pare, que és el seu fill. Porta un ull de vidre que fa servir de vegades per jugar a boletes. És una filigrana jugant a boletes, perquè ho veu tot amb el seu ull de vidre. L'he dibuixat amb els cabells estufats i l'he disfressat de pirata perquè, a ell, li agrada dir que fou un bucaner. En realitat va ser, de jove, pescador en un vaixell. A pesar d'això, quan juguem a pirates es defén d'allò més bé i qualsevol pensaria que ha estat company d'un pirata malcarat. Dormim tots plegats, Jordi, Frederic i jo, a la mateixa habitació, la qual hem decorat com si fóra la cabina d'un vaixell. L'avi sempre està inventant-se jocs i tota mena de coses per a divertir-nos. Li agrada molt fer esport, de manera que en una mà li he dibuixat una espasa de fusta impressionant i, en l'altra, una pilota de futbol. Frederic conta unes històries increïbles, i dic increïbles perquè se les inventa totes, i mai no saps si el que diu és cert o si es tracta d'una invenció seua. Mon pare a vegades diu que la seua imaginació ens crearà problemes, com aquella volta que digué al forner, en trobar-se'l pel carrer, que havia vist entrar en el seu establiment una fera terrible, i el forner ens va deixar un dia sense pa a tot el barri perquè es va negar a entrar al forn si abans no la subjectaven. A mi, tant em fa que algunes coses se les invente, perquè ens ho passem molt bé amb les seues històries.

Per acabar, m'he dibuixat jo. No sé com ho he fet, però, caram, m'he dibuixat tan musculós que semblava un superhome, amb el meu vestit espacial i un casc terrible que tenia la visera oberta. M'ha quedat tan bé que els he posat un casc també a Jordi i a Frederic. Semblàvem la tripulació d'un vol aerospacial. Aleshores he dibuixat també una càpsula darrere nostre i un marcià que ens donava la mà. Al marcià, li he col·locat un rètol al damunt que posava: «marcià». Seria terrible que Marcel·la pensara que es tracta d'un germanet meu amb tres ulls, quatre braços i un parell de rodetes per cames; no valdria per al resultat de la prova perquè jo no tinc germans.

I perquè se m'havia acabat el paper i ja no m'hi cabia res més, perquè, si no, hauria dibuixat un cotxe descapotable amb una pila de centímetres cúbics i tracció a les quatre rodes, que és el que de veres m'ix bé.

En acabar, la mestra ha recollit els nostres dibuixos, i després ens ha tornat a repartir paper perquè tots ens havíem enamorat de Marcel·la i volíem dibuixar-la. Ha estat una llàstima que Marcel·la tinguera tanta pressa, perquè no hem pogut fer el no sé què d'intel·ligència i a nosaltres ens feia molta il·lusió, sobretot perquè així no hauríem fet classe de geografia, que, a mi: burruf.

* * *

Al cap d'uns dies arribà un sobre gran a casa. Dins hi havia el dibuix que jo havia fet i un paper signat per Marcel·la que deia: «Manel és un xic molt imaginatiu i fantasiós. La seua capacitat d'abstracció i relació és bona, i sembla que la seua integració dintre la família és satisfactòria».

Es va armar un bon rebombori a casa. Després de fer-li repetir el text tres vegades, mon pare, que estava molt orgullós, agafà el dibuix i el va dur a emmarcar per posar-lo en la paret del menjador. Tots estaven molt contents de mi. Roser, mig plorant, va dir que quan fóra major, jo, seria ministre i l'avi, rient, va preguntar si no hi havia pastissos per a celebrar-ho.

Quan em vaig gitar aquella nit, no podia dormir pensant en llapis de colors, famílies, astronautes i marcians. Em sembla que quan siga major seré com Velázquez per poder pintar cotxes descapotables amb tracció a les quatre rodes i un munt de centímetres cúbics. És molt distret, això de ser pintor.

Un dia de pesca

Encara era nit fosca quan ens ha despertat mon pare. És cert que l'avi, mon pare i jo vam decidir ahir que, a l'alba, agafaríem els aparells de pesca i eixiríem d'excursió tots tres cap a l'estany del Pescador Aficionat, però, és clar, això va ser anit, després de jugar algunes partides de monopoli i de beure'ns un parell de sarses, que ens sentíem intrèpids. Així les coses, no ens ha fet gens de gràcia que ens despertara.

—Manel, alça't, que ja són les quatre.

—Mmmm...

—Vinga, amunt, que agafarem un bon llobarro.

—¿De què vas, papà? Vés a fer el somnàmbul pel menjador i deixa'm dormir tranquil.

Però mon pare no s'ha sentit al·ludit i m'ha apartat els llençols d'una revolada deixant-me de colp més gelat que un rave. L'avi no s'havia adonat de res, ni tan sols quan les dents han començat a petar pel seu compte sense que jo poguera fer res per a impedir-ho. Semblava un tronc i roncava com si tinguera dins un aplec d'africans fent sonar els tam-tams. El meu pare l'ha sacsejat una mica, però sembla que l'avi gaudia d'un bon somni i no estava per a ningú.

—Papà, desperta't. Hem d'anar a pescar, ¿ho recordes?

—Així, rasca més amunt.

—No sigues gandul, que els peixos ens esperen.

—Està bé, t'acceptaré un altre tros de pastís. Jo preferisc la trufa, però no et penses, la nata també fa bo de menjar.

—¡Que t'alces ja d'una vegada! —ha bramat mon pare.

—¡Aaaah! —s'ha despertat Frederic en pegar-se una cabotada impressionant contra el somier de la nostra llitera—. Bon dia, animal, tros d'ase. Mira quin bony m'has fet.

—Sí, vés amb compte no t'isca l'animeta. ¿On teniu el gos? —ha preguntat mon pare.

—¡Ah! Jordi és un animal de costums, el trobaràs sota la llitera, dormint damunt de les nostres sabatilles —ha contestat l'avi.

—Sí, no hi ha manera de fer-lo dormir sobre una estora com els gossos de les pel·lícules —he matisat jo.

El meu pare m'ha mirat d'una manera estranya i m'ha dit que fera el favor de rentar-me la cara amb aigua freda. Després s'ha agenollat a terra i ha calculat amb la mà on devia ser el gos. Quina llàstima que a Jordi li desagrade tant que l'arrosseguen per la cua, es fica com un dimoni i no atén a raons.

—Jordi, solta'm la jaqueta o et pegue un mos a la cua —s'ha defensat mon pare.

Al cap d'una estona, ha aconseguit per fi traure el gos cap a fora i ha pogut recuperar la sabata que havia perdut en l'aldarull. Quan s'ha alçat, ha estat a punt de desmaiar-se en veure'ns, a Frederic i a mi, tots dos asseguts damunt del llit, dormint com uns angelets. El crit ha retrunyit per tota la cambra:

—Ja m'heu cansat vosaltres dos. Me'n vaig a preparar el cotxe i quan torne —ha cridat—, vull que estigueu totalment endreçats o hi haurà galtades.

I tot d'una ha desaparegut per la porta deixantnos amb un pam de nassos i els ulls mig clucs.

—¿Manel, tu recordes res de la nit passada? ¿És cert això que deia ton pare, que anit decidírem tots tres anar a pescar?

—Em sembla que d'alguna cosa parlàrem, sí —m'he lamentat jo.

—Doncs estic segur que ens tirà algun polsim a la sarsa que ens va deixar atordits perquè, a mi, això d'anar a pescar a les cinc de la matinada em sembla, si vols que et diga la veritat, una bajanada. I a més, jo no en tinc ni idea, de pescar.

—Però si és molt senzill —l'he tranquil·litzat—, simplement has de plantar-te dins de l'aigua, obrir bé les cames i esperar que hi passe un peix per a agafar-lo.

—¿Tu creus? —ha replicat l'avi, gens convençut, amb un badall enorme i gratant-se la panxa—. Ja veurem.

—A propòsit d'això, Frederic, ¿tu no anaves de jove en un vaixell de pesca?

—Sí, però era el cuiner.

Ens hem vestit en un rellamp i, quan ha entrat el meu pare dins la cambra, ens hem plantat ben drets al seu davant per tal que ens inspeccionara. Fins i tot Jordi, que no sabia massa bé en quina història l'havíem involucrat, s'ha plantat amb les potes ben rectes i les orelles dretes.

—Bé, molt bé —ens ha dit mon pare mirant-nos detingudament—, ara ja esteu més presentables.

I hem començat a baixar per l'escala quan l'avi, de sobte, ha pensat que podríem avisar també Roser perquè vinguera amb nosaltres, que després sempre va dient que som uns masclistes perquè no l'avisem mai quan fem una bona. Jo he dit que bé, que hi estava d'acord, però que no seria jo qui la despertara a les cinc de la matinada, que si s'enfadava llavors ja no ens diria masclistes, sinó potser alguna cosa més lletja. ¡Té tanta imaginació aquesta Roser! Mon pare ha dit que ell no ho faria tampoc, de manera que no li ha quedat cap altra alternativa, al pobre Jordi, que anar a la cambra de Roser a despertar-la.

Al cap d'una breu estona, s'ha escoltat l'esborronador crit de Roser, el qual ens ha posat els pèls de punta talment com si haguérem vist una bubota, i el gos ha eixit ràpidament fugint de la sabatilla que li ha llançat ma tia. Des del llindar de la porta, mon pare ha tractat de calmar-la.

—Roser, que ens n'anem a pescar i havíem pensat...

—¡Doncs no penseu tant, masclistes, i deixeu-me dormir! A veure si no podré descansar ni el diumenge, com fan tots els treballadors —ens ha amollat.

—No, si jo ja m'esperava una cosa així —ens ha xiuxiuejat l'avi fent una ganyota—, crec que Roser té raó, ¿per què no ho deixem córrer i ens n'anem a dormir, eh, Jaume?

—De cap manera, heu de respirar aire pur de tant en tant, i un dia de pesca em sembla la cosa més adient per a eixir d'aquesta ciutat bruta i contaminada, així que prou de xerrameca i cap avall. Els peixos ens esperen —ha cridat saltant com si fóra un xiquet de bolquers.

—Aquest fill meu està com una cabra —ha comentat l'avi.

El viatge amb l'automòbil cap a l'estany ha estat bastant tranquil. Frederic i jo no ens hauríem despertat si no haguera estat perquè els cucs que portàvem dins d'un pot han decidit, pel seu compte, fer una excursió i escampar-se pertot arreu.

—Papà, tinc un cuc en el nas.

—Prou de fer porcades, Manel. Deixa el nas quiet.

Al mateix temps, un cuc llarg i llustrós s'ha despenjat, d'allò més eixerit, per l'orella de Frederic.

—¡Aaah! ¡Auxili Jaume, que em destrossen l'orella! —ha cridat mentre agafava el meu pare pel braç. El cotxe ha pegat un parell de ziga-zagues abans de detenir-se justament vora l'estany, en el lloc on habitualment l'aparquem.

—Caram, quina destresa —ha sospirat l'avi—. N'estic ben orgullós, Jaume; tu triomfaràs en la vida.

La frase ha actuat com un bàlsam sobre el meu pare i l'ha dissuadit de renyar Frederic, que li havia fet perdre el control del cotxe.

No sé si ho he dit mai, però mon pare és una filigrana de conductor. Podria conduir fins i tot amb els ulls tancats, ens ha dit alguna vegada quan se sent una miqueta content. No m'agrada contradir mon pare perquè és molt sensible i les crítiques l'afecten bastant, però si he de dir la veritat, això de conduir amb els ulls tancats és una fanfarronada per part seua. Afortunadament no s'ha adonat del to burleta que l'avi ha utilitzat per dir-li que triomfaria en la vida.

No ha estat gens senzill reunir els cucs que s'havien escampat pertot arreu. L'obscuritat era completa i, a més a més, Jordi ens ha emprenyat bona cosa, dificultant la nostra tasca. Quan n'olorava un, estovava el morro i, després de fer un parell de lladrucs, se li estarrufaven els pèls i fugia com un espe-

ritat per tot el cotxe. És valent com Rin-tin-tín, aquest gos.

Al cap d'una mitja hora, hem deixat la recerca, cansats que el gos ens xafara cada vegada que localitzava un d'aquells monstres, i ens hem acostat al llac. En arribar-hi, el meu pare ens ha donat a cadascú un trast allargassat que, segons ha dit, havia llogat en una tenda.

—¿I açò per a què serveix? —ha preguntat l'avi.

—És una canya de pescar.

—¡No creuràs que pescarem amb tot aquest embolic de fils!

—Nosaltres voldríem agafar una dotzeneta de peixos amb les mans i després emportar-nos-els a casa, per fer una bona torrada, però si tu vols perdre el temps amb tots aquests fòtils tampoc t'amoïnes, que nosaltres t'esperem.

—Ah, no, la pesca és un art, i en l'art no s'estila córrer. Per a gaudir-ne, us cal ser pacients —ens ha replicat el setciències del meu pare.

—Si veig un peix —he fet jo amb una carassa de fàstic— pegant cuades a l'extrem de fil, em desmaie.

—Més valdria que compràrem una llanda de cloïsses, ¿eh, Jaume?

—Ah, clar, em veniu ara amb escrúpols. Però ¿com creieu que pesquen les cloïsses?, o ¿és que penseu que ja naixen dins de les llandetes? Em pense que vosaltres dos, en la selva duraríeu un parell de minuts.

—¿Que no hi ha supermercats a la selva, papà?

Nosaltres ja sabem prou bé això, però ens agrada punxar el meu pare perquè s'ho pren molt a pit i, aleshores, fa unes ganyotes divertidíssimes. I mon pare, llavors, ens ha fet un discurs sobre l'Amèrica Central i l'Àfrica Equatorial ple de detalls que ni l'enciclopèdia il·lustrada, quan, de sobte, l'ha interromput un tipus baixet i prim, el qual duia unes botes d'aigua enormes que li cobrien totes les cuixes, uns pantalons de plàstic i un impermeable. Feia un soroll molt curiós, i quan ha eixit dels canyots cridant, ens hem esglaiat. Ha dit al meu pare que, si no sabia la regla bàsica de qualsevol pescador (no espantar la pesca dels altres), ell s'encarregaria d'ensenyar-li-la a bastonades. Mon pare, que s'ha emportat un bon ensurt, li ha contestat que el dubte l'ofenia (o una cosa semblant), perquè ell era un gran campió de pesca amb canya, que fins i tot havia obtingut alguns trofeus (supose que el meu pare es referia al premi de consolació que va aconseguir una volta en un concurs). El senyor aquell ha dit que perquè era un col·lega ho deixaria córrer, però que no l'emprenyàrem amb els nostres crits, ah, i que ell estava en possessió del premi a la tellina més simpàtica, un premi molt important, segons ha dit, que consistia a agafar la tellina amb els colors més cridaners.

Quan el senyor vestit de plàstic ha desaparegut pel mateix camí per on havia vingut, intentant guardar l'equilibri, tot enfonsat dintre de les seues botes impermeables, jo he dit al meu pare que si haguérem sabut que l'equip de pescador era tan fabulós, no ens ho hauríem repensat tant. Ell m'ha contestat que el nostre comportament no era el més correcte i que estàvem per civilitzar, però que de tota manera en el portaequipatge estaven les botes i els vestits de pescador.

La roba ens anava molt bé, ens en sobrava per tots els costats un pam però, com tenia un bon elàstic a la cintura, els pantalons no queien. Les botes també ens venien balderes, i per a mantenir l'equilibri calia fer un gran esforç. Jordi, en veure'ns disfressats així, ha començat a lladrar, no sé si perquè pensava que érem uns pallassos o perquè s'ha esglaiat de debò. Teníem una pinta de marcians que tirava de tòs. Afortunadament, hem pogut fer callar Jordi abans que vinguera l'home de plàstic i el pescara espantant-li la pesca.

Una vegada preparats, ens hem situat en un costat del riu i el meu pare ens ha explicat com funcionaven les canyes. Era molt senzill: primer llançàvem la canya cap avant i el fil eixia disparat amb un suro, un tros de plom, l'ham i l'esquer a la punta, després s'embolicaven els fils de la canya de Frederic i de la meua, i a l'últim venia el meu pare sense parar de remugar a desembolicar-ho tot. Era tan avorrit esperar que picaren els peixos, que contínuament tréiem l'ham de l'aigua. El més descoratjador era que Jordi, que es passejava dins del riu, prop de la vora, ja haguera atrapat un peix amb les dents. L'única cosa divertida era que, com pescàvem a dos metres de la vora i l'aigua ens aplegava un poc més amunt dels genolls, era molt difícil mantenir l'equilibri. Quan tractàvem de fer un pas, encetàvem un concert d'esgarips i rialles que feien venir trontollant l'home de plàstic per a denunciar-nos, deia, a la Federació de Pesca Esportiva. El meu pare ha tractat de calmar-lo i els dos han acabat presumint pels trofeus que posseïen:

—Sàpiga vosté que a mi m'agrada el peix amb deliri, i que un dia em vaig menjar tot sol cinc quilos de clòtxines —ha dit mon pare amb orgull. I això és cert, que ho féu l'any passat, i després va estar-se al llit tota una setmana amb mal de ventre. No debades té aquesta panxota.

—Doncs pare l'orella —li ha replicat l'home de plàstic—: A mi m'agrada tant pescar que els amics em diuen Ernest *el Llobarro*.

Frederic i jo hem esclafit a riure. Certament aquell nom s'esqueia del tot a l'home de plàstic, perquè tenia cara de tenca, i quan s'enfadava obria les ales del nas com si foren brànquies.

—¿I vostés ho troben graciós, això?

—No gens, no gens, anomenar-se senyor Llobarro és una cosa molt seriosa —ha dit l'avi, i ha esclafit de nou en rialles mentre el senyor Llobarro se n'anava enfurismat per dins del riu, com un peix per l'aigua.

Hem continuat pescant un parell d'hores malgrat que els peixos no picaven ni per equivocació. Les cames ens feien figa de tant d'estar en l'aigua, i els peus se'ns havien arrufat de tan arremullats com estàvem. El meu pare també estava cansat d'aquella història dels peixos, i si no haguera estat perquè és tan orgullós, ja ens n'hauríem anat a la peixateria més pròxima, com ens havia proposat l'avi, i n'hauríem comprat un parell de quilos. L'únic que semblava divertir-se bona cosa era el Jordi, que s'havia omplit de fang fins a les orelles. Estàvem així de desolats quan de sobte l'avi ha començat a cridar:

—¡Han picat, han picat...!

La seua canya de pescar s'ha doblegat tot el que donava de si i l'avi ha pegat dues estirades fortes. El peix semblava enorme. Mon pare i jo hem acudit per ajudar-lo i tots tres hem començat a replegar el fil. Hi havia molts canyots davant nostre i no véiem com el peix s'acostava, però pel rastre que hi deixava devia ser com una balena. Quan per fi ha aparegut el peix davant nostre, hem estat a punt de fugir. Havíem pescat un llobarro, el senyor Ernest Llobarro, el qual ha aparegut tot brut i banyat, i quasi sense poder respirar. La seua canya s'havia enganxat amb la de l'avi, i creent que havia pescat un peix gran no es decidia a soltar-la.

Després de dur el senyor Ernest a sa casa i de gitar-lo, mentre ell ens amenaçava de denunciar-nos a la policia, hem tornat a casa. Pel camí, Frederic ha comprat una caixa de peix en la peixateria, on hi havia de tot menys llobarro; hi havia sépia, sardines, gambes i palaies. Ma mare ha fet una bona torrada i ens hem llepat els dits de tan bo com estava. Mon pare no volia ni tastar-la perquè, comentava, que això no ho podia consentir un gran pescador com ell, que tan sols es menjaria el peix que ell pescara. Ens ha dit que només provaria una gambeta per no trencar l'harmonia. Després s'ha menjat un tros gran de sépia, tres palaies, cinc sardines, una dotzena de crancs i un fum de caragols de mar que, segons deia, feien molt bo de menjar.

En acabant de dinar, el meu pare s'ha hagut de gitar perquè tenia un mal de ventre que li durarà ben bé una setmana.

El treball de Roser

Després de dinar, Roser, que llegia el diari, ha pegat un crit esborronador que ens ha fet saltar a tots dels seients. Ma mare, que és molt patidora i s'estima molt la seua germana, ha començat a donar-li palmades fortes a l'esquena creent que se li havia engargussat el pastís que menjava. Mai no m'hauria pensat que Roser tenia tanta facilitat per a la música, semblava un timbal.

—Deixa'm, que em partiràs per la meitat.

—¿Però què et passa?, ens has espantat —ha preguntat ma mare.

—No res. ¡Mira! ¿Què et sembla? —ha contestat ella allargant-li el diari.

—Doncs, em sembla un diari. ¿Però, et trobes bé? ¿Vols que cridem el metge?

—Em trobe perfectament. I em posaré a treballar de seguida —ha dit mentre pujava cap a la seua habitació per replegar no sé quina cosa.

Ma mare, encara impressionada, ens ha ensenyat el diari per la pàgina que llegia Roser. Era la pàgina d'esports i el títol deia: «John McEnroe torna a les pistes de tennis».

—Ja ho veus, no n'hi ha per a tant —ha comentat mon pare.

—¿Que no n'hi ha per a tant? —he saltat jo—, John McEnroe és un fora de sèrie, i ja veuràs, ni un set li durarà ara l'Ivan Lendl.

—¡Que dius ara! —ha intervingut l'avi—. McEnroe no li arribarà ni a la sola de la sabata, al txec.

—Maradona sí que és bo —ens ha tallat mon pare, que, com es passa la vida llegint llibres de lletres xicotetes, en qüestions esportives no encerta ni de casualitat. És un desastre.— Una mica que s'entrene —ens ha dit— i amb el seu revés a dues mans, els fotrà una bona pallissa, a aquesta parella de desvergonyits.

En aqueix moment ha baixat Roser de la seua habitació, vestida amb una granota i un casc d'obrer al cap. L'avi li ha comentat que, segurament, no la deixarien jugar així en cap club de tennis, però la tia no pensava fer-lo servir per jugar. Ens ha confessat que volia guanyar-se la vida treballant de paleta en una obra i contribuir d'aquesta manera a garantir l'economia familiar. Aleshores, mon pare li ha preguntat si mai faltava un plat de sopa a taula, i que si ell no garantia prou l'economia familiar amb els seus llibres. Ma tia, primer, quasi es mor de riure i, després, li ha contestat que era un masclista. Ell li ha replicat que quan col·locara la seua primera rajola ja estaria cansada, i... i ma mare ha dit «Ai Déu meu, quina ruïna», i s'ha deixat caure en el sofà, desmaiada.

Mentre l'ateníem, Roser ha eixit de casa tota enfurismada. Ma mare se n'ha recuperat de seguida i el meu pare, que s'estima molt Roser, ens ha dit a l'avi, a Jordi i a mi que la seguírem no fóra cas que armara una bona. En el diari hem trobat l'anunci que havia vist ma tia, per tant no ens ha costat massa trobar l'adreça de l'obra on havia anat a treballar.

A l'edifici en construcció, hi havia l'encarregat fent la migdiada. Era un home gros, mig calb, que vestia una camiseta d'esport i uns pantalons vells.

—¿On s'ha comprat aquesta camiseta? —l'ha saludat l'avi—. Sembla molt fresqueta, ¿no?

—No sóc ací per a perdre el temps, de manera que foteu el camp.

—Busquem ma tia Roser. Crec que treballa ací.

—Vaja, sou parents d'aquella boja, ¿eh? Sí, li hem donat faena en el tercer pis per veure si callava. Però vosaltres, ¿què feu ací? Si voleu un treball, ja no ens en queda.

—Ah, no —l'ha tallat l'avi—. A nosaltres, això de la faena ens ho pot estalviar. En som al·lèrgics, ¿sap? Únicament volem tafanejar una mica.

I hem pujat cap amunt, mentre el senyor encarregat decidia si ens deixava o no. Dalt hem trobat ma tia, que feia una pasterada increïble. Estàvem tan contents que ens l'hem abraçada com si fera molt de temps que no l'haguérem vista. Ara que hi pense, no sé què opinarà ma mare d'aquelles taques de ciment que ens hem fet. Crec que no li faran massa gràcia.

—¡Caram! quin lloc més bonic per a treballar. Jo també vull ser paleta, Roser —li he dit.

—¡I quina vista! —ha afegit l'avi, fent equilibris sobre el lloc on hi havia d'haver una barana. A Jordi, l'altura no li provava gens. En mirar cap avall, el cap ha començat a rodar-li i s'ha amagat en un racó, lluny de la vora, amb la cua entre les potes i el pèl eriçat. La faena de ma tia consistia a fer una bona pasterada de ciment, i després distribuir-la amb una corriola entre els obrers. Li he preguntat si em deixava pastar a mi i, ostres, ¡que divertit! El ciment pesava tant que em feia caure damunt de la pastera. La cara se m'ha omplit de ciment i els cabells se m'han posat durs com els d'un *punky*. Després s'havia de pujar el cabàs al quart pis. Però l'avi m'ha apartat i ha dit que ell ho faria, que en aquelles qüestions era un tècnic.

—Ja veuràs, dues estiradetes i...

I la meitat del ciment ha caigut. Al senyor encarregat, no li ha agradat gens que caiguera tot al damunt de la seua camiseta d'esport. Ha pujat fet una fera i ens ha explicat com es pujava un cabàs de ciment.

Fet i fet era tan fàcil que jo he volgut provar, però ell m'ha contestat que no, que no i que no, i que quan ell deia que no, era que no, i que si estava clar.

Mentre ens reprenia, el gos, que continuava espantat, s'hi ha aproximat i s'ha assegut damunt de les seues sabates amb un somriure un poc idiota. Al senyor de la camiseta d'esport sembla que això li ha fet gràcia i l'ha calmat una mica, però a mi la roba no em tocava l'esquena, perquè quan Jordi té por sempre passa el mateix. Afortunadament, l'encarregat no s'ha vist les sabates humides. Abans d'anar-nos-en, ha manat a ma tia que havia de construir un envà a la cambra de bany per instal·lar-hi una banyera. Després ens ha dit, quan baixava per continuar la migdiada, que si volíem alguna cosa el trobaríem treballant en el soterrani.

Com que l'avi i jo estàvem una mica cansats, Roser, que té més resistència que nosaltres, perquè fa molta gimnàstica, s'ha posat a construir tota sola l'envà. Frederic i jo li torcàvem la suor i li donàvem ànims i consells mentre el gos, amb les potes sobre la pastera, preparava el ciment. Formàvem un equip tan compenetrat que en un tres i no res hem alçat l'envà. Frederic ha comentat que si ens vera mon pare se sentiria orgullós de nosaltres, i Leonardo da Vinci, que és un senyor que coneix l'avi, també se'n sentiria orgullós, ens ha dit. Qui no estava gens orgullós de nosaltres era el senyor de la camiseta d'esport, el qual ens ha dit un grapat de bestieses. Jo crec que, el que passava de veres, era que no li ha agradat que

el molestàrem perquè vinguera a veure la nostra obra mentre treballava en el soterrani, damunt del llit que hi tenia. Això que havíem construït l'envà en meitat del menjador, jo pense que era una excusa per tal de renyar-nos. L'avi ha tractat de convéncer-lo dient que no estava malament després de tot, tenir una banyera en el menjador. Així, mentre et menjaves uns canelons podies rentar-te els peus. L'encarregat, però, ha dit que no, que no i que no, i que quan ell deia que no, era que no, i que havíem de desfer l'envà.

—Aquesta sí que és bona —ha contestat Roser—, he tardat dues hores a construir-lo, i no permetré que ningú l'enderroque.

—Podríem tapar-lo —he suggerit jo.

Però l'home de la camiseta d'esport s'ha entossudit a dir que allò era un menjador, i que en els menjadors no hi havia envans. Després s'ha assegut damunt del ciment i s'ha estirat l'única grenya que li quedava en el cap. Feia la impressió que en qualsevol moment es posaria a plorar, de tan amoïnat com estava. L'avi li ha donat unes palmades a l'esquena i l'ha consolat.

—No es preocupe, si no li agrada el tirarem. De tota manera no ens havia quedat massa bé, ¿eh, Roser?

Roser, que ha vist com l'avi li feia l'ullet ha contestat que d'acord, que el llevaríem, però que l'envà era preciós i havia quedat molt bé. Per tal de calmar els ànims, jo he dit que sobre gustos no hi havia res escrit, que és el que diu mon pare quan es compra alguna peça de roba i ma mare li diu que és horrible.

Frederic s'ha enganxat a riure, però a Roser i al senyor de la camiseta d'esport no els ha fet gens de gràcia, la broma. Aleshores, l'avi ha demanat un poc de dinamita a l'encarregat, el qual ha posat uns ulls com plats i ha dit que ho deixàrem córrer, que ja enviaria algú perquè el tirara. Potser no es fiava massa de Frederic, però no tenia cap raó, perquè l'avi és un expert en aquestes qüestions. A mi, sempre em guanya quan juguem als soldadets, ara que nosaltres fem servir boletes com si foren de dinamita i, la veritat, no sé si podríem enderrocar l'envà tirant-li boletes.

—Doncs, ¿què faig jo ara? —ha preguntat ma tia.

—Res, no res —ha respost el capatàs—, ho lamente molt, però està despatxada.

La tia Roser se n'ha sorprés molt, posava una cara que feia llàstima. No acabava d'entendre per què la despatxaven si havia fet tot el que li havien manat. L'avi estava enfurismat i ha cridat al senyor de la camiseta d'esport que era un masclista i un tirà, i que la seua camiseta d'esport ja no l'impressionava gens ni mica, perquè ell en tenia una de pelfa molt calenteta per a l'hivern, i una altra, plena de forat, per a l'estiu.

Aleshores, l'encarregat ha dit que prou, que prou i que prou, i que quan ell deia que prou, era que prou, i ens ha dit a crits que ens n'anàrem tots a casa.

—Molt bé —ha contestat Roser—, la veritat és que no m'agrada gens treballar a la seua obra. És molt lletja. Per tant, quan em done el sou que em pertoca, desapareixerem de la seua vista.

—¡Quin sou!, si només ha treballat un parell d'hores i tot ho ha fet al revés.

Després s'ho ha pensat millor i ha dit:

—D'acord, us pagaré si em prometeu no xafar mai més aquest edifici.

Nosaltres hem contestat que, per la nostra part, si ens pagava, ni pensar-ho, de tornar, i que si volia li podíem firmar un paper que ho atestara. Ell ha tret un bitllet de la butxaca i ha posat una cara molt rara, com si li costara desfer-se'n. Després li hem encaixat la mà, i Jordi, quan passava, de tan esglaiat com estava per l'altura, se li ha pixat damunt. Aquesta vegada, el senyor de la camiseta d'esport sí que se n'ha adonat, i quan fugíem per l'escala, encara hem escoltat els seus crits. Llàstima que el senyor de la camiseta d'esport s'irritara tant, perquè és un home molt divertit.

Amb els diners que havia guanyat Roser, hem entrat en una geladeria, i ens hi hem posat morats de tant de menjar gelats i prendre orxates. Ma tia ha comentat, llavors, que no estaria malament treballar en un lloc ple de gelats i menjar-ne a tothora. L'avi i jo hi hem estat d'acord, i hem pensat que li diríem, a mon pare, en tornar a casa, que ens muntara una geladeria perquè Roser puga treballar-hi. Si l'emboliquem se'ns farà cara de mesureta.

Sant Jaume

Demà és el sant del meu pare. Per aquesta raó, a casa hi havia avui un ambient estrany i tots anàvem una mica capmoixos. És clar que és un dia assenyalat, el del sant del meu pare, i que nosaltres sempre fem una festota, però també se li ha de fer un regal i això ja no ens agrada tant. Sobretot a Frederic i a mi, que ens hem gastat tots els diners en gelats. Mentre dinàvem ningú no badava boca, llevat del meu pare, que xarrava pels colzes d'allò més content.

—Sabeu —ens ha dit—, crec que canviaré de màquina d'escriure. Aquesta ja és vella i jo necessite una elèctrica perquè així...

—No cal que t'esforces, Jaume —ha tallat Roser—, ningú de nosaltres no té prou diners per regalar-te una màquina d'escriure elèctrica.

—No, si jo no ho deia per res. Encara que n'hi ha una de color gris clar preciosa, ací a la mateixa cantonada, i a més està d'oferta, crec que no val més de...

—¡Jaaaume!

—Està bé, està bé, però si em torneu a regalar alguna peça de vestir us denuncie.

—Però ¿tu què vols?

—Qualsevol cosa, un detall, sense passar-vos massa. Alguna cosa que tinga tecles i funcione a llum. És qüestió de fer treballar la imaginació.

I s'ha alçat de la taula deixant-nos amb un pam de nas, sense saber com llevar-nos de damunt l'assumpte del maleït regal.

En acabant de dinar, Frederic, Jordi i jo, després de buidar la vidriola, hem anat a uns grans magatzems per veure quina cosa podríem regalar a mon pare. A la porta, hi havia un guàrdia de seguretat, el qual ens ha dit que no hi podíem entrar amb el gos.

—No, si ell sap entrar-hi tot sol, no es preocupe —li ha replicat l'avi.

Però el guàrdia de seguretat no s'ha deixat convéncer, li hem demanat que si era tan amable, que ens el cuidara mentre nosaltres compràvem. El guàrdia ha dit no sé què de les ordenances, però al remat ha accedit a fer-se càrrec del gos quan li hem assegurat que Jordi era un vigilant perfecte, que inclús havia treballat un temps en el cos especial de gossos intrèpids. El guàrdia de seguretat estava al·lucinat de la reputació del gos i ambdós s'han palplantat davant la porta inflant el pit, disposats a detenir qualsevol delinqüent. Estaven molt graciosos.

—Espere que Jordi no haja de resoldre cap conflicte —m'ha dit l'avi mentre entràvem als grans magatzems.

—¿Per què?

—Perquè és un gos molt sensible i això d'agafar lladres no li va gens. Si es tractara d'agafar pastissos, la cosa canviaria.

¡I tant! El Jordi és una filigrana agafant pastissos en l'aire i, fins i tot, de damunt de la taula, quan ma mare se'n descuida. És molt hàbil, el Jordi.

De sobte, mentre ens acostàvem al departament d'electrònica, un home baixet i gros se'ns ha aparegut des de darrere d'unes prestatgeries.

—Bon dia, he, he, ¿desitgen alguna cosa? —ens ha preguntat sol·lícit mentre es fregava les mans.

—¿De beure o de menjar? —li he demanat jo.

—¿Com de menjar o de beure? De vestir, és clar; aquesta és la secció de roba de cavallers i jo sóc Demetri Ferrer, he, he, el primer venedor, mal m'està de dir-ho, de la casa, he, he.

—Caram, el felicite, això és magnífic, he he. ¿I què ven exactament, vosté? —ha volgut saber l'avi.

—Ara mateix ens han arribat unes corbates que, he, he —el senyor Demetri ens ha fet una escolteta— me les lleven de les mans.

—¿Tenen tecles les corbates? —he inquirit jo.

—Depén de quantes li'n trobe vosté, he, he. És graciós, ¿eh?

El senyor Demetri contava uns acudits tan roïns com els del meu pare, però era molt divertit tot el que feia. Semblava un il·lusionista captivant l'atenció de l'auditori. Ens ha ensenyat unes corbates extraordinàries, plenes de coloraines i molt cridaneres que, segons ens ha dit, eren l'última moda, he, he. L'avi se n'ha emprovat una de color taronja amb ratlles negres i jo, una verda fluorescent amb redolins també negres. Eren, tot plegat, una mica coentes, però segur que a casa se'n riurien moltíssim quan les veren.

—Els senyors estan molt elegants —ha dit admirat, Demetri—. Segur que totes les dones, si m'és permés de dir-ho, els seguiran encantades.

I després d'un parell de reverències (és increïble l'agilitat que té Demetri), i d'uns quants hes, hes, ens hem acomiadat del senyor Ferrer amb la promesa de tornar a fer-li una visita. És molt simpàtic, el senyor he, he.

Fer una compra tan pràctica i tan bona com la de les nostres corbates sempre deixa un bon sabor de boca, però també les butxaques buides, i això no era gens bo per a la nostra comanda.

—¿I si regalàrem al teu pare la cinta de la màquina d'escriure? —ha suggerit de sobte l'avi. Es molt pràctic això; la seua està molt ronyosa.

—Sí, és clar, i segur que ens lligava i ens posava a assecar com si fórem un parell de pernils.

—Doncs, com a gronxador faria el seu paper, això del pernil, no et penses.

—Millor serà que vegem quant costa una màquina elèctrica sencera —he resolt, jo.

No ha estat massa difícil trobar la secció de màquines d'escriure. Després de mitja hora perduts, rodant amunt i avall per les escales automàtiques, hem trobat un rètol publicitari que deia: «No busque més, si vol una bona màquina d'escriure, el seu nom és Romeu, cride'l ben fort.»

—¡Ah!, mira, Manel, ja ho hem trobat: açò és un reclam publicitari. Segurament hi ha un empleat què es diu Romeu i que s'encarrega d'aquesta secció. Deu ser dormint en qualsevol racó.

—¿I l'hem de despertar, nosaltres?

—Deu ser un costum de la casa.

L'avi i jo hem estat a punt de perdre els pulmons de tant de cridar, però Romeu no ha aparegut enlloc. A poc a poc, molta gent ens ha anat envoltant i ens mirava encuriosida, com si estiguérem fent alguna cosa rara. Aquella gent semblava no tenir massa idea d'aquell muntatge publicitari i estava una mica estranyada. L'avi i jo hem continuat cridant fins que ha aparegut una senyoreta obrint-se pas a colps. Semblava molt nerviosa i les paraules no li eixien de la boca. L'avi l'ha saludada:

—La senyoreta Romeu, supose —li ha dit amb una reverència, que és el mateix, segons em contà una vegada Frederic, que va dir un periodista a un individu que s'havia perdut enmig de l'Àfrica, quan el va trobar. L'avi té una imaginació increïble i conta unes històries fantàstiques, però això del tipus perdut a l'Àfrica ja és un poc exagerat. Jo tinc a casa un mapa del meu poble i un altre de tot el món i, si fa o no fa, l'Àfrica és un poc més gran que el meu carrer i la plaça dels Coloms junts.

La senyoreta Romeu, després que s'ha calmat, ens ha dit que ella no era la senyoreta Romeu i que si estàvem bojos. Jo crec que estava un poc somnàmbula encara, perquè l'havíem acabada de despertar, però ella ens ha contestat que mai s'havia adormit en el treball, i que qui pensàvem que era. Frederic ha tractat de tranquil·litzar-la dient que, de tota manera, no pensava delatar-la a la direcció, que ell sovint també s'adormia enmig de qualsevol faena i no estava tan malament això. Jo li he dit també, que a, classe de naturals, el professor Eduard fa unes migdiades impressionants i que ningú no li retrau res. Fins i tot és molt instructiu sentir-lo roncar com si fóra un elefant; n'aprenem molt, així, de biologia. A la senyoreta Romeu, però, no li interessaven gens les meues demostracions pràctiques de com roncava el senyor Eduard, encara que no m'ha eixit gens malament la imitació, perquè tota la gent que s'hi havia congregat s'ha posat a riure i a aplaudir.

La senyoreta Romeu ens ha preguntat aleshores que quina empresa de la competència ens havia contractat per espantar la seua clientela, però nosaltres li hem explicat que l'única cosa que volíem era descobrir on eren les màquines d'escriure i que, en veure el rètol, ens havíem limitat a seguir les instruccions.

—Però si això és un reclam publicitari, no cal pendre-s'ho al peu de la lletra.

—Es pensa que som ignorants, ja sabíem que era un reclam publicitari —he sentenciat jo.

En aquell moment, ha aparegut un senyor alt i ben vestit amb un somriure tan gran en la boca que semblava que se li haguera desencaixat la mandíbula. Ens ha dit que era l'encarregat. Parlava tan suau com un hipnotizador.

—Hola, hola, hola, ¿què passa ací? ¿Tenen cap problema els senyors? ¿Hum? Alguna cosa que no els agrada, ¿hum?

—No res —ha explicat l'avi—, nosaltres solament volíem saber quant valen les màquines d'escriure, però si la senyoreta Romeu té son podem tornar un altre dia. No ens agradaria molestar.

Aleshores, la senyoreta Romeu ha cridat novament que ella no era la senyoreta Romeu i que mai no s'havia adormit en la faena, després s'ha estirat les grenyes dels cabells i s'ha posat a pegar colps de peu a terra. Semblava la tia Roser quan descobreix que li hem agafat les pintures de maquillatge per jugar als indis.

—Bé, bé, el client sempre té raó —ha dit l'encarregat—, i quant a això d'adormir-se a la faena, ja en parlarem, *senyoreta Romeu*, ¿hum?

L'encarregat s'ha dirigit aleshores a tota la gent que hi havia concentrada dient-los que no hi passava res, que tot havia estat un malentés i que la casa els faria una rebaixa en les compres. La veritat és que ara ja no somreia tant, el senyor encarregat, però la seua veu continuava sent molt tendra. Després ens hem acomiadat de la senyoreta Romeu, que en aquell instant es prenia una píndola que li havia portat una companya seua del treball. Frederic li ha aconsellat:

—Veu, si no prenguera tantes píndoles no es posaria nerviosa i podria dormir de nit com tothom —i li ha donat una recepta d'una tisana que a nosaltres ens va molt bé per tranquil·litzar-nos quan el meu pare ens renya.

L'encarregat ens ha mirat als ulls profundament i ens ha dit que l'acompanyàrem. Jo crec que ens havia hipnotitzat, perquè he començat a seguir-lo amb els ulls mig tancats i els braços endavant.

En un rellamp, hem arribat a la secció de màquines d'escriure. Hi havia una pila de màquines de totes les mides i de tots els colors. L'encarregat s'ha acomiadat de nosaltres.

—Espere que faran una bona compra, ¿hum? I ja ho saben, si necessiten res, em criden, ¿hum?

L'avi li ha contestat que si volíem res ja el buscaríem, però que de moment no pensàvem de cridarlo perquè això portava males conseqüències. ¡Ah! i que si era tan amable de dir-nos quina marca de dentrifici utilitzava que, a nosaltres, també ens agradaria provar d'anar amb el somriure a la boca tot el dia com si fórem llanternes.

—És molt bromista vosté, ¿hum? —ha replicat el senyor encarregat mirant fixament Frederic amb els seus ulls d'hipnotizador.

Quan se n'ha anat el senyor encarregat, encara hem estat una estona sense poder recuperar-nos del mareig que ens havia produït mirar els seus ulls. Ens feia voltes el cap com una gran roda de fira.

En el taulell de les màquines, hi havia un dependent que no parava de fer comptes.

—¿Quant val una màquina d'escriure elèctrica? —li he preguntat jo.

El dependent ens ha dit una xifra i Frederic ha estat a punt de caure.

—Perdone, però nosaltres ens conformem amb una, no les volíem totes —ha matisat l'avi.

El dependent ens ha preguntat quants diners estàvem disposats a gastar-nos i quan li ho hem dit, s'ha posat a riure com un beneit.

—Amb aquesta quantitat potser podran endurse el cable de la llum.

Frederic li ha comentat que érem amics del senyor encarregat i de la senyoreta Romeu i que si ens podia fer una rebaixa. El dependent s'ho ha pensat un instant i després ens ha dit:

—D'acord, els puc donar el cable de la llum i... un colpet a l'esquena, ha, ha, ha.

Quina planxa. Ens sentíem decebuts. Si tornàvem a casa sense el regal, mon pare es posaria insuportable fent-se el màrtir i dient que no ens l'estimàvem. Però tampoc no teníem prou diners per comprar la màquina elèctrica. Al costat de les màquines hi havia alguns jocs d'aquells que s'instal·len a les televisions, i Frederic i jo, per tal d'oblidar-nos del disgust, ens hem posat a jugar. N'hi havia un, de marcians, fantàstic. Es deia *La invasió interstel·lar*, i consistia a interceptar les naus dels invasors. Els comandaments eren ben senzills de manejar malgrat que tenia moltes tecles.

—És una llàstima que al papà no li agraden aquests jocs de marcians —he comentat— perquè són molt excitants.

Frederic m'ha mirat i els ulls se li han il·luminat com quan en pensa una de bona.

—¿I com saps que no li agraden? Tot és qüestió de provar.

El mateix dependent que ens havia atés s'encarregava també d'aquella secció. Ens ha dit que tampoc no teníem prou diners per comprar aquell joc, però que, com li havíem caigut simpàtics, ens el rebaixava fins a la quantitat que podíem pagar. Això si que era sort. Estàvem tan contents que en anar-nos-en Frederic i jo li hem pegat uns colpets a l'esquena, i ell també ens n'ha pegat uns quants, de colpets. Tenia una mà forta, i quan ens pegava els colpets sabia fer ressonar l'esquena com si fóra un timbal.

En dirigir-nos a la planta baixa, prop de la porta d'entrada hem vist un fum de gent que cridava i fugia per totes bandes. Hem pensat que potser l'edifici s'enfonsava i que calia replegar Jordi, el qual segurament estaria esglaiat en qualsevol racó. Però, en arribar-hi, hem descobert que tota la gent fugia precisament del nostre gos i que Jordi estava, assegut a quatre potes, damunt d'una persona. En veure'ns, Jordi ha posat la cara de bleda que posa quan està content i ha vingut tot mansot cap a nosaltres. L'home que seia a terra s'ha alçat i, bé, la veritat és que en aquell moment hauria preferit de trobar-me a uns quants milers de quilòmetres d'allí. El senyor que s'ha alçat de terra era el senyor encarregat, amb la diferència que ara no somreia gens. Estava enfurismat.

—De manera que sou vosaltres una altra vegada, ¿és vostre aquest gos? ¿hum?

—Doncs, crec que no l'havia vist mai abans d'avui, i tu, Manel, ¿el coneixes?

—Potser l'havia vist alguna vegada, però no n'estic segur —he dissimulat.

El guàrdia de seguretat, però, ens ha delatat explicant que el gos era nostre i que érem un parell de mentiders perquè li havíem assegurat que Jordi era un valent i havia resultat tot el contrari, un gos que atacava les persones decents.

—El gos no té la culpa que aquest senyor vaja per tots els racons amb els seus ulls fixos espiant-ho tot, el deu haver posat nerviós —ha tractat de justificar-lo l'avi.

La veritat és que Jordi havia fet un gra massa perquè l'encarregat únicament estava revisant els productes, i no pensava emportar-se res, però Jordi, de vegades, és una mica fanfarró i deu haver volgut impressionar el guàrdia de seguretat amb les seues aptituds. Al remat la cosa s'ha solucionat, i ens hem fet amics, fins i tot. Nosaltres hem promés al senyor encarregat que vindríem sempre que poguérem a fer les compres al seu establiment, però ell, molt amable, ens ha dit que no ens preocupàrem per això, que no feia falta que ens molestàrem a tornar-hi, si no ens venia de pas. No sé què haurà volgut dir amb això últim, li ho preguntaré demà quan isca de classe, ja que em ve de pas.

* * *

Per fi, sant Jaume. Avui, a casa, hi ha hagut una festa fabulosa. L'avi i jo ens hem pentinat i ens hem posat les corbates que havíem comprat. Ma mare ha fet un dinar per dalt corda i hem aconseguit que mon pare comprara un tortell de postres. Sempre passa el mateix quan li demanem diners perquè ens compre pastissos, posa els ulls en blanc i ens parla de la cotització en borsa i de no sé quin mercat de valors. Com que sempre està envoltat de lletres i llibrots no entén res de nombres i es mareja quan veu un parell de zeros. És molt sensible, mon pare. Avui, però, ens ha donat prou diners per comprar un tortell de xocolate de dos pisos. Estava molt excitat perquè era el seu sant i a penes l'ha tastat (i no crec que ho puga fer, ja que a la vesprada Frederic i jo ens l'hem acabat).

A l'hora dels regals, mon pare ha començat a tremolar. Estava emocionat. Primer ha obert el nostre. S'ha quedat parat. Potser no s'esperava un regal tan enginyós i ha tardat un temps a dir alguna cosa, però després ens ha confessat que l'apassionaven els jocs de marcians, i que aquest semblava molt divertit. Tot seguit ha obert el regal de Roser, que des de fa un parell de setmanes toca amb els seus amics en un grup de rock. ¡Quina casualitat! El regal de Roser era una guitarra elèctrica roja amb moltes tecles. Era preciosa. Mon pare estava completament glaçat per l'emoció. Ens ha dit que quan era jove tocava la bandúrria i sempre havia desitjat tenir un trast com aquell. Després ha obert el regal de ma mare i hem hagut de donar-li una copeta de mistela perquè se'n refera. No s'ho esperava, ni nosaltres tampoc. La veritat és que era una planxa increïble. Semblava una nau espacial amb tanta tecla i amb el fum que li eixia de sota. El meu pare ha dit que mai li havien fet un regal tan original.

—¿No estàs una mica decebut perquè no t'hem regalat la màquina d'escriure? —li ha preguntat ma mare un poc angoixada.

Mon pare li ha contestat que no, que el que li agradava era escriure amb la seua ploma i que els regals que li havíem fet eren molt divertits. Aleshores ha començat a riure i ens ha donat un parell de besos a cadascú, inclús a Jordi, i no parava de saltar i ballar. Jo crec que s'ha tornat un poc boig.

En quina mala hora li vam fer aquests regals. Fa unes setmanes que no podem veure la televisió, perquè mon pare sempre està jugant amb el joc de marcians. Roser està desesperada també, perquè mai no pot tocar la guitarra elèctrica des que el meu pare se l'emporta al casino, on ell i els seus amics han format un grup. L'única que ha eixit guanyant és ma mare, perquè des del dia de sant Jaume ha deixat de planxar, amb l'afició que ha pres mon pare per la planxa. A mi, no em sembla malament que mon pare es planxe la seua roba, però ja estic fart que els meus amics es riguen de mi per les cremades que porte en els pantalons.

Reunió de literats

Avui han vingut a casa tres amics de mon pare que també escriuen llibres de lletres xicotetes. Tots quatre fan, els dissabtes, una cosa que en diuen tertúlia i que consisteix a jugar a les cartes i prendre un parell de conyacs. Com que avui el casino estava tancat per reformes, han vingut a fer la tertúlia a casa. Roser no hi era perquè estava assajant amb el seu grup de música i ma mare se n'havia anat al cinema. Frederic i jo no teníem massa ganes d'eixir, per tant ens hem quedat a fer companyia a mon pare i als seus amics. A vegades, no són tan avorrits.

Són una bona colla: el Jesús, que sempre porta caramels per les butxaques, és el més simpàtic. Fa jocs de mans i una vegada, el dia del meu aniversari, que vingué a felicitar-me, es va menjar tot sol vint-i-tres pastissos. Estigué tres dies allitat i mon pare va jurar que no el convidaria mai més perquè ens havia deixat sense pastissos. Té una panxota fabulosa i, quan riu, es posa tot roig com un pimentó fins que es desmaia i hem d'avisar el metge. Ell i el meu pare fan concursos per veure qui dels dos és el més gros. Mon pare diu que guanya Jesús i Jesús contesta que el meu pare és el campió.

Joaquim és el més delicat de tots. Tothora li fa mal alguna cosa, té una pila de malalties i pren un munt de píndoles de molts colors. Quan ve a casa, sempre fa el mateix: s'asseu en una cadira i després ma mare li trau una manta perquè no agafe fred.

L'altre amic de mon pare és Armand de Rostoll i Argelagues. És alt i vist com si fóra un pingüí, amb un barret i un bastó. A vegades porta capa, i l'avi i jo ens ho passem molt bé jugant als vampirs. Armand és poeta i diu sempre unes coses raríssimes. La veritat és que està com una cabra, però és molt graciós.

Havien decidit de jugar a les cartes, però com que, a Joaquim, li feien mal les mans pel reuma, ho han deixat córrer. En lloc d'això, Jesús ha proposat berenar i tots hem dit que sí, que era una idea genial, llevat del meu pare, que ha dit que els dolços s'havien acabat. I ens hauríem quedat sense berenar si no fóra perquè jo he recordat que aquell matí Roser i jo havíem comprat una caixa de galetes.

—Ah, sí, sí, ho havia oblidat —ha comentat mon pare tossint i, després, en una escolteta, m'ha dit que ja en parlaríem més tard. Mentrestant ha tret uns refrescos i hem començat a menjar les galetes, que estaven boníssimes; fins i tot Joaquim, a qui ja no li tremolaven les mans, n'ha menjat una, però després s'ha pres una píndola perquè tenia por, ens ha confessat, d'agafar un empatx.

En acabant de berenar, Armand de Rostoll i Argelagues ha anunciat amb una veu fosca:

—I ara, amics estimats, ha arribat l'hora que el cos satisfet deixe pas perquè s'alimente l'esperit.

Jo ja temia que es posaria la capa i començaria a fer-nos por com si fóra Dràcula, però el que ha fet és connectar el tocadiscos i posar una peça d'un tal Berlioz, que, segons Armand, havia fet una simfonia fantàstica. Immediatament s'ha sentit una música meravellosa i Armand de Rostoll i Argelagues s'ha plantat davant nostre amb els ulls tancats i movent els braços com si dirigira una orquestra. L'avi i jo estàvem enlluernats, i ens hem alçat també per imitar Armand, però Jordi, el nostre gos, s'ha posat a udolar i s'ha amagat sota la taula. La veritat és que veure'ns, als tres, fent el bleda amb les mans enlaire devia resultar impressionant, sobretot perquè l'avi i jo amb els ulls mig closos, semblàvem més aviat monstres que no uns directors d'orquestra. Quan la música ha desaparegut, Armand de Rostoll i Argelagues s'ha desplomat damunt del sofà.

—¡Oh! ¡Quina immensitat! I ara el silenci, el repòs, que ningú no diga res.

Però l'avi ha dit que es calfarien els refrescos, i que aleshores ja no valdrien res. Armand s'ha enfurismat, i crec que li ha contestat que l'art era producte de no sé què, però que la sensibilitat de l'home es mesurava per no sé quina cosa. Frederic s'ha posat a riure.

—Benvolgut Armand —ha dit sense poder contenir les rialles—, l'ordre amb el qual fruïm d'aquests plaers no alterarà el resultat del nostre gaudi, i a més la gasosa calenta no hi ha ningú que se la bega.

És genial, l'avi. Jo, això, ja ho havia estudiat al col·legi. Es diu la propietat commutativa i serveix per a una pila de coses. Llàstima que ma mare no entenga massa de matemàtiques, perquè mai m'ha deixat començar a menjar per les postres malgrat que jo li he explicat que l'ordre dels plats no altera el resultat de la digestió. A Armand de Rostoll i Argelagues, això de la propietat commutativa tampoc no li ha fet gens de gràcia i ha replicat a l'avi que tenia una visió molt reduïda de la realitat o una cosa pareguda. Aleshores Frederic ha esclatat a riure novament fins que mon pare li ha fet una escolteta. Armand estava força enutjat i ha dit que, si no fóra pel respecte que li mereixia l'edat del meu avi, certes coses s'haurien de resoldre en el camp de l'honor. Això sí que no ho hem pogut aguantar ningú. Jesús, el meu pare i jo, que havíem tractat d'aguantar-nos fins aleshores, ens hem baquejat de riure. Estava molt graciós l'Armand amb la cara roja i els punys premuts. Semblava un coet a punt d'envolar-se.

—Bé, bé, ja està bé, no sigueu xiquets —ha dit Joaquim—, no cal prendre-s'ho tan a la valenta.

I després, ha mirat el seu rellotge i s'ha tret una capseta de l'armilla, ha agafat una píndola verda i... caram, quina pràctica, se l'ha pres sense aigua ni res. Li demanaré que m'ensenye, perquè jo encara no li he agafat el truquet a això d'empassar-me les píndoles. Una vegada que estava refredat, vaig haver de beure'm tres litres d'aigua per tal d'empassar-me una píndola. El refredat me'l vaig curar, però em va fer mal la panxa alguns dies, de tanta aigua com havia begut.

Quan Frederic i Armand de Rostoll i Argelagues han deixat de fer el ximple, mon pare ha proposat que Joaquim ens llegira uns poemes. Joaquim s'ha fet pregar una estona, com fa el meu pare quan acaba una novel·la i li demanem que ens la llisca, però al remat hi ha accedit: «he, he, quant d'honor», ha dit, «no m'ho esperava», però sembla que sí que s'ho esperava perquè en un rellamp ha tret una carpeta descolorida, i del seu interior ha separat amb molta cura uns fulls blancs. Després ha tret una píndola de color roig i se l'ha presa.

—És per si m'emocione —ens ha comentat.

Jo li n'he demanat una per si m'emocionava també, però mon pare ha dit que si no m'estava quiet m'emocionaria el cul. De manera que m'he quedat quiet i amb els braços encreuats, però la veritat és que estava enutjat, i quan vinga ma mare li ho diré,

Galetes

que el papà m'ha pegat al cul, i que m'ha fet molt de mal, i aleshores li ensenyaré el morat i em posaré a plorar perquè no puc caminar i em quedaré coix per a tota la vida, i després me n'aniré a jugar al futbol amb Frederic i deixarem el meu pare amb un pam de nas.

Al cap d'un instant, Joaquim ha acabat amb els seus preparatius. S'ha posat unes ulleres redonetes, de cul de got, i ha començat a recitar alçant una mà, amb una veu ronca i profunda com si es tractara del personatge principal d'una pel·lícula de terror. A poc a poc, ha anat recitant els versos d'un en un, els quals sonaven com si hi haguera una tempesta dins de casa i retrunyira per tot el menjador. Era al·lucinant. En arribar al final del poema, Jordi, que encara romania amagat sota la taula, ha tret el morro entre les estovalles i ha començat a gemegar com si li hagueren furtat un os. Jo no sabia que Jordi fóra aficionat a la poesia, però la veritat és que el poema de Joaquim l'ha afectat bastant. És molt impressionable, el meu gos.

Jordi no deixava de ganyolar i, a mi, se m'ha fet un nus a la gola perquè no m'agrada veure trist el meu gos. Frederic l'ha agafat i se l'ha posat entre les cames mentre provava de calmar-lo acaronant-li el llom. Ningú no sabia què fer i el gos semblava cada vegada més abatut. Tots estàvem tristos, inclús Armand de Rostoll i Argelagues ha deixat caure unes llàgrimes que ha tractat de dissimular i ha dit no sé què del sentit tràgic de la vida.

Estàvem a punt de cridar el veterinari quan al meu pare se li ha ocorregut donar-li, al gos, una de les píndoles roges que tenia Joaquim contra les emocions fortes. Això ens ha animat una mica. Li l'hem feta engolir, a Jordi, el qual ens mirava tot angoixat i... ostres, tampoc no feia falta que ens demostrara tan efusivament com estava ara de content. A ma mare, no li agradarà gens com han quedat les cortines, plenes de taques, després de la seua demostració d'alpinisme.

—Tampoc no passa res —ha dit Jesús, que continuava menjat galetes—, una bona rentada i...

—¡Que no passa res! —ha contestat el meu pare molt pàl·lid—. Si no fem desaparéixer les taques abans que tornen Roser i la meua dona, avui em tocarà dormir en el casino.

—Bé, Manel i jo —els ha interromput l'avi— hem d'endreçar la nostra habitació. Ha estat un plaer passar la vesprada amb vosaltres. Adéu.

—Jo també me'n vaig —ha afegit Armand—, és tard i he de fer una comanda.

Però mon pare ha dit que «¡ah, no, faltaria més!», i que d'allí no eixiria ningú fins que no se solucionara l'assumpte de les maleïdes cortines. Aleshores, Joaquim li ha oferit una píndola de color blau que era bona contra els nervis, i ell li ha contestat que des de quan... tu t'has pensat que, que... que, que nerviós estic.

La veritat és que ha estat molt divertit i ens hem organitzat bastant bé. Jesús i Armand de Rostoll i Argelagues, que s'han posat uns davantals damunt, anaven rentant les cortines en una safa, Frederic i jo, amb els eixugadors del cabell, anàvem eixugant-les i Joaquim i mon pare les planxaven. Al cap d'una hora les cortines estaven una altra vegada al seu lloc. Havíem treballat de valent i ens sentíem fatigats. Joaquim ha dit que ja era hora d'anar-se'n, que volia gitar-se prompte, i els altres també s'han alçat per replegar els abrics.

De sobte, Jesús, al llindar de la porta, ha començat a riure. En un primer moment, pensàvem que s'havia tornat boig, però després, quan ens ha assenyalat l'Armand, tots hem esclafit a riure. Armand de Rostoll i Argelagues estava tan cansat que no s'havia recordat de llevar-se el davantal de Roser i encara el portava a sobre. L'efecte era ben còmic: per davall de la capa li eixia un brodat de color rosa amb una sanefa horrible. Semblava com si haguérem sorprés el comte Dràcula fent la bugada una nit d'estiu. Armand mateix se n'ha rigut molt, i ha començat a perseguir-nos pel jardí amb la capa desplegada. Fins i tot, uns veïns nostres també s'ho han passat molt bé quan han vist córrer l'Armand al seu darrere. Pegaven uns crits molt convincents. Qualsevol hauria pensat que els perseguia un vampir de debò.

Era un joc ben divertit i l'hauríem continuat un parell d'hores més, però l'atac de rialles de Jesús s'ha incrementat fins que s'ha posat roig com un pimentó i s'ha desmaiat. Li passa sovint, això, i ens fa anar sempre de bòlit quan li ocorre. Entre Armand i Joaquim l'han carregat en un taxi i se l'han emportat ràpidament a cal metge. Ens hem quedat molt preocupats, però més tard ens ha telefonat Joaquim, que s'encarrega de cuidar-lo, i ens ha dit que Jesús es trobava perfectament, que el metge tan sols li havia ordenat unes píndoles grogues contra l'empatx que feien un gust agre a essència de llima molt interessant. És un gourmet, el Joaquim, en aquestes qüestions. Mon pare s'ha tranquil·litzat, ja que s'estima molt el Jesús, però ha dit que mai més el tornaria a convidar perquè ens havia deixat sense galetes.

A la nit, en tornar ma mare del cine, ens hem endut un gran ensurt quan, en veure les cortines, ha exclamat:

—¡La taca! ¡La taca!

Nosaltres hem pensat de seguida que no les havíem rentades bastant, i que la taca havia tornat a eixir. Jo ja m'imaginava que aquella nit ma mare ens faria dormir a tots tres en el casino. Mon pare ha tractat de dissimular dient que ell no sabia res de cap traca, i Frederic ha afegit que només parlaria en presència del seu advocat o una ximpleria per l'estil.

—És molt estrany, açò —ha continuat ma mare—. Abans d'anar-me'n al cine les cortines eren tacades de terra. En fi, dec haver-me equivocat.

Ens hem quedat glaçats en sentir-la. Ara resultava que havíem fet una faena inútil. M'han vingut ganes de cremar aquelles maleïdes cortines. Després, ma mare ens ha dit que anava a gitar-se, i que nosaltres ja escuraríem tots els gots i els plats que havíem usat per berenar, que, naturalment, ella no estava disposta a carregar-se amb les deixalles de la nostra festota i que, després de tot, nosaltres mai l'havíem ajudada a rentar res.

Fem càmping

—¡Manel!, o deixes la bicicleta o no véns i et quedes tot sol a guardar la casa —m'ha amenaçat mon pare.

—Doncs em quede sol a casa.

—Molt bé, d'ací a uns quinze dies, hi tornarem —ha comentat ell, tranquil.

Aleshores, he encreuat els braços i m'he posat molt seriós i, després, he dit que no m'importava gens el seu càmping, que ja me les arreglaria jo tot sol i que s'ho passaren bé, ¡bah! Després, com que no em feien cas, m'he posat a plorar a cor què vols perquè ningú no em volia i perquè m'anaven a deixar sol, i els he dit que si em quedava sol em moriria, que era un xiquet. I aleshores ma mare m'ha netejat els mocs i ha tirat al meu pare un esbronc impressionant.

—Ja us he dit mil vegades que anem a la muntanya —s'ha defensat ell—, i que no podem endur-nos les bicicletes: faríem riure.

—Clar, home —l'ha tallat l'avi—, has de ser raonable, Manel. ¿On s'ha vist que unes bicicletes pugen i baixen per les muntanyes?

Però Frederic també s'ha enutjat molt quan mon pare li ha fet retirar del cotxe la meitat dels seus fòtils.

—¡Eh!, ¡eh!, ¿es pot saber què fas amb això? —ha exclamat—. És la meua barca inflable.

—On anem no la podràs fer servir: el riu porta només un fil d'aigua.

—¡Ah!, però aquests rius de muntanya quan els pega per créixer...

Mon pare li ha replicat que vinga, per favor, no em faces riure, i ens ha dit que no volia saber res dels nostres trastos, que només carregaríem amb l'imprescindible. Al moment, ha vingut ma mare i li ha dit que fera el favor de llevar tots aquells llibrots del maleter perquè ocupaven molt de lloc.

—Però si són els meus llibres —ha somicat—, me'ls enduia per llegir tranquil·lament sota un arbre.

Hem hagut de consolar un poc el meu pare. És molt sensible i l'assumpte dels llibres l'ha afectat bastant.

El viatge ha estat força interessant. En la carretera hem trobat una cua increïble. Pertot arreu hi havia cotxes detinguts i els conductors s'insultaven, uns a altres. Roser, que conduïa el cotxe en aquell moment perquè no ens fiem massa de mon pare quan es posa al volant, s'ha barallat amb un senyor que duia un cotxe petit, per un no-res, total perquè ma tia s'havia botat un pal amb el llum en roig. El meu pare estava blanc com el paper de fumar, però és un exagerat. No calia preocupar-se: si aquell tipus haguera volgut renyir, jo crec que Roser l'hauria tombat d'un bufit. Fa molta gimnàstica, Roser.

Tot anava molt bé. Feia quasi una hora que havíem deixat la cua enrere i portàvem una bona velocitat. De sobte, ha començat a eixir fum per davant i el motor ha fet un soroll poc divertit. Roser ha aturat el cotxe en la vorera i mon pare ha dit:

—Ah, ¿tu ho veus? ¡Això ja ho sabia jo!

—¿Què sabies tu, si es pot saber?

—En fi, Roser, hauràs de reconéixer que jo conduïsc millor.

Mentre Roser i mon pare es feien preguntes per veure qui dels dos coneixia millor el codi de la circulació, l'avi i jo hem obert el capot. Quina sort que hem pogut traure aquell munt de fulls, sinó s'hauria pogut incendiar el cotxe.

—Açò està ple de papers.

—Ostres, els meus llibres —ha tremolat mon pare.

No s'ha pogut salvar res. Tots els fulls estaven xops d'oli o mig socarrats. Mon pare estava tan desolat que no ens hem atrevit a acusar-lo pel que havia passat. Per tal de consolar-lo un poc, li hem dit que en tornar ja li'n compraríem més. Ell s'ha refet de seguida i ens ha anotat una llista interminable dels títols dels llibres que volia.

Després de netejar bé el motor hem prosseguit el viatge. Hem deixat la carretera principal i n'hem agafat una plena de revolts que pujava cap amunt. Era ben divertit. Frederic i jo ens hem posat a cantar cançons de pirates, i en les revoltes anàvem de l'un costat a l'altre del cotxe com si viatjàrem a bord d'un vaixell. Mon pare ens ha recomanat que estiguérem quiets, però nosaltres hem continuat fent l'haca, pegant culades sobre els seients. Després no sé què ha passat exactament, però Roser ha començat a conduir molt malament perquè el cotxe feia unes voltes raríssimes, i he sentit que el cap em rodava. Frederic també es trobava malament, i és estrany això, perquè feia només un instant que ambdós estàvem d'allò més bé. Quan ens ha pegat un poc l'aire, hem continuat el viatge, però ja no ha estat tan divertit com abans, perquè Frederic i jo no teníem massa ganes de fer res i ens hem adormit de seguida. En arribar, el meu pare ens ha despertat:

—Apa, ganduls, que ja hi hem arribat.

El paisatge era magnífic. Pertot arreu hi havia arbres i herba. Teníem molt d'espai per a jugar, i només hi havia un parell de tendes de campanya pels voltants. Estàvem al bell mig de la muntanya.

—¿Papà, on són els recreatius? —li he preguntat mentre descarregàvem els embalums.

—Però Manel, som enmig del camp, ací no hi ha recreatius ni coses d'aquestes. Açò és la selva. Aaaaaaaaah...

No m'ha fet gens de gràcia que el meu pare es posara en aquell precís moment a fer el mico. M'ha recorregut per tota l'espinada un calfred horrible.

—Jo vull tornar a casa.

—¿I ara, t'has tornat boig o què?, ¿què és el que et passa? —ha preguntat mon pare impacient.

—Tinc por.

Però l'avi m'ha dit que no hi havia per què tenir por, que el camp era una cosa molt divertida, que hi havia quantitat d'animals perillosos i per la nit eixien unes bèsties que feien uns sorolls increïbles.

—A més —m'ha dit—, eixirem d'excursió i ens perdrem, serà una passada, ja ho veuràs.

Ostres, allò sí que era excitant. Fet i fet, això del camp era un invent genial. A més, no calia preocupar-se, si passava alguna cosa, Jordi ens defensaria perquè és un gos molt valent.

Després de traure l'equipatge, ens hem posat a plantar les tendes. En teníem dues: una per als meus pares i Roser, i l'altra, per a Frederic, per a Jordi i per a mi.

No és gens difícil de plantar una tenda. Únicament cal tenir un poc de tècnica. Primer, s'ha de col·locar la tenda en terra, i, després, clavar unes clavilles, sembla que per evitar que el vent se l'enduga. En acabant, es puja tot cap amunt mitjançant uns pals i... ¡hala!, a tornar a començar de nou quan cau a terra. A nosaltres, només ens va caure tres vegades, i no ho entenc, la veritat, perquè els forats que feia Jordi eren prou grans perquè caberen les clavilles.

Mentre tractàvem d'alçar novament la tenda, s'ha plantat darrere nostre un home que duia una motxilla a l'esquena. L'avi m'ha xiuxiuejat que es tractava d'un muntanyenc. Els muntanyencs són uns individus força curiosos, he pensat, visten amb una camisa de franel·la, uns pantalons curts, com els xiquets i els seus calcetins són vermells, són prims i tenen una barba que els arriba a la meitat del pit. Aquell muntanyec ens ha saludat:

—Els tornarà a caure.

—Doncs, si cau una altra vegada, no la pensem alçar més —ha contestat somrient l'avi—, és molt tossuda aquesta tenda.

—Haurien d'orientar-la en sentit contrari. Aquesta nit bufarà vent del nord, i d'aquesta manera no resistirà cap embat. I si plou es mullaran.

—Caram, això seria magnífic —ha dit l'avi fregant-se les mans—. ¿Has sentit, Manel?, tindrem un naufragi i tot. Serà genial.

—Llàstima que el papà no t'haja deixat portar la barca inflable.

El senyor muntanyenc ha dit ¡bah!, i se n'ha anat a plantar la seua tenda, just una mica darrere de la nostra. Quina destresa. En un sospir l'ha instal·lada, i això que havia d'orientar-la.

Per fi, nosaltres també l'hem instal·lada, justament quan els meus pares i Roser ens cridaven a preparar

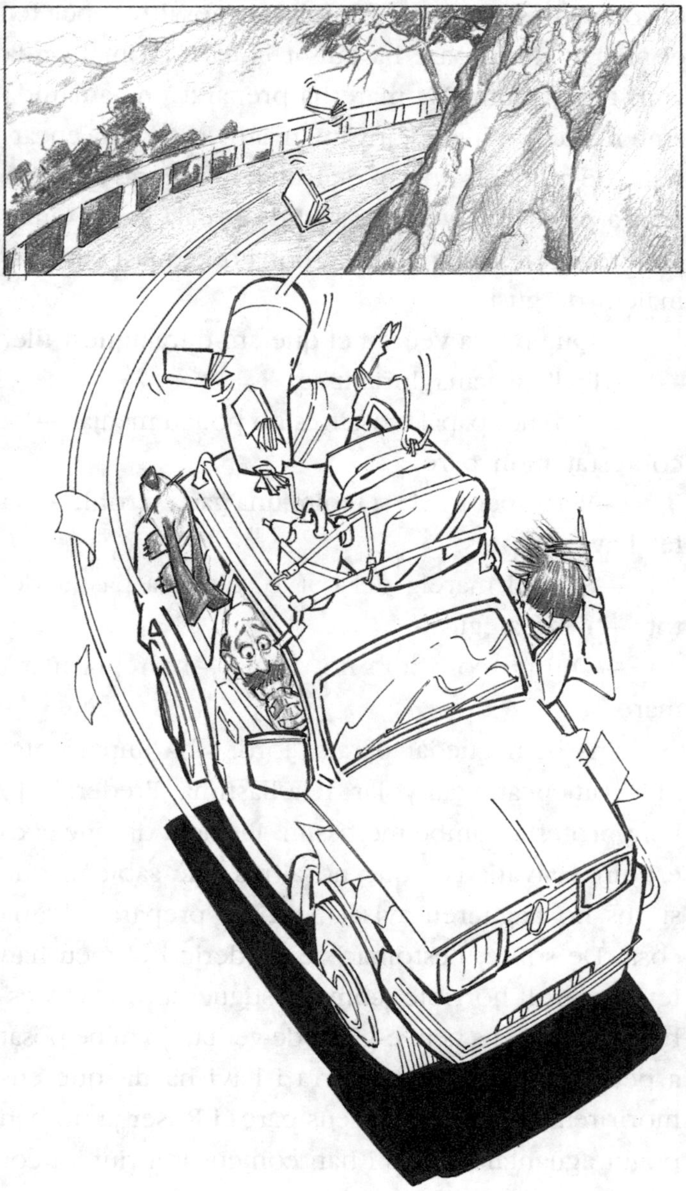

el sopar. Ens organitzem molt bé, nosaltres, per fer el menjar. Mon pare ha guisat la carn aromatitzada amb timó, ¡hum! Ma mare ha preparat una amanida amb moltes potingues, ¡nyam, nyam! Roser s'ha encarregat de preparar un cap de fruita, i Frederic i jo hem anat a pegar una volta per tal d'obrir la gana. Quan hem tornat feia una olor tan bona que quasi ens desmaiem de gust.

—Que bo, ja veureu el que em dura aquest filet —ha dit l'avi vanagloriant-se.

—¡Ah, no, papà!, vosaltres no podeu menjar —ha contestat mon pare.

—Però ¿per què?, si tenim una gana terrible —ha fet l'avi, sorprés.

—Sí, i el mareig del cotxe se'ns ha passat del tot —hi he afegit.

—Qui no col·labora no menja —ha replicat ma mare.

Ens hem quedat parats. Jordi s'ha impacientat i ha començat a ganyolar, feia llàstima. Frederic i jo hem protestat també moltíssim. Els hem dit que això era una salvatjada i que nosaltres què sabíem, que si ens ho hagueren avisat hauríem preparat alguna cosa. De sobte, l'estómac de Frederic i el meu han fet un soroll horrible, com si estigueren buits. Aleshores, sí que ens hem esglaiat de veritat, jo m'he posat a pegar colps de peu a terra i l'avi ha dit que ens moriríem de gana. Els meus pares i Roser ja no han pogut aguantar-se més i han començat a riure a cor què vols, i Roser ha dit:

—Era una broma, babaus, que sou uns babaus. Vinga, si porteu vosaltres l'aigua us perdonem. I ràpid, que la carn es refreda.

Quina manera de córrer. Anàvem com uns esperitats amb les botelles de plàstic a la mà per tal de carregar l'aigua. Jordi anava també com una bala cap avall pel pendent. I sort que vora el riu estava el senyor muntanyenc perquè, d'altra banda no hauríem pogut frenar.

—¡Un ós, auxili!, ¡que algú m'ajude! —ha cridat en caure a l'aigua.

—Moltes gràcies, senyor muntanyenc —li he dit, agraït per haver-nos salvat de la caiguda.

—Ah, ¿sou vosaltres, eh?, espereu i us ensenyaré jo a emprenyar la gent.

—No tenim temps, disculpe, però ens espera un filet bestial. I isca de l'aigua que ara no són hores de prendre el bany, es refredarà —li ha aconsellat l'avi.

No hem pogut escoltar el discurs que ha improvisat el senyor muntanyenc sobre la pau i el silenci del camp, perquè, en un tres i no res, hem carregat l'aigua i hem pujat a sopar. En arribar-hi, hem explicat al meu pare el que ens havia succeït, i li hem preguntat si podíem convidar el nostre amic.

—Bé, on mengen sis, mengen set, ens apinyarem una mica.

Semblàvem el Correu del Tsar, que és un tipus que ix en una història que jo he llegit. Sembla que als carters, abans, a Rússia els feien passar mil calamitats i després els cremaven els ulls, però era mentida, perquè ell ho sospita i es posa a plorar, i aleshores les llàgrimes disminueixen el foc, i es carrega al tipus que li havia fet la vida impossible. És genial, aquesta història. El cas és que nosaltres anàvem amunt i avall transmetent missatges com si ens perseguira una banda de malvats. Era divertidíssim. Llàstima que el senyor muntanyenc no volguera sopar amb nosaltres i preferira aquelles arrels plenes de terra. Són molt estranys, els muntanyencs.

Després de sopar, Frederic, Jordi i jo ens hem ficat dins de la nostra tenda i hem obert un parell de sarses per tal d'animar l'ambient. Al cap de mitja hora estàvem d'allò més contents i cantàvem unes cançons de pirates terribles. El vent xiulava per fora de la tenda, però nosaltres quasi ni el sentíem, de tan fort com cantàvem. El senyor muntanyenc sembla que s'ha emprenyat una mica amb els nostres càntics i ha parlat amb mon pare. Se n'ha armat una de bona, perquè el senyor muntanyenc ha acusat el meu pare de maleducat, i mon pare li ha dit que de què anava per la vida, que si ell era un muntanyenc o un policia que anava reprimint la gent que s'ho passava bé. I haurien continuat així molt de temps, cridant-se mil bestieses, si no és perquè l'avi i jo, completament beguts a causa de la sarsa, no haguérem eixit de la nostra tenda i els haguerem imposat una mica de silenci.

—La veritat és que hi ha gent que no hauria d'eixir a la muntanya, Manel —m'ha explicat l'avi a tot pulmó perquè el sentiren—. Es carreguen tota la pau del camp amb els seus crits. Els haurien de vacunar.

El senyor muntanyenc ha tornat a la seua tenda enfurismat i mon pare ens ha dit que ja en parlaríem demà, quan estiguérem en condicions, i que ara a dormir, caram, i que ni una paraula més.

Ens n'hem anat a dormir perquè, quan mon pare s'enfada de debò, més val fer-li cas, però no hem pogut tancar els ulls perquè s'ha alçat una tempesta imposant. Queia aigua a dolls i els raigs il·luminaven la tenda de tant en tant. Era molt divertit perquè, aleshores, nosaltres féiem ganyotes rares i Jordi s'espantava una barbaritat.

Al cap d'uns moments, hem sentit uns crits terribles que venien de la tenda dels meus pares i de Roser. A Jordi, se li han estarrufat els pèls del llom, i Frederic i jo ens hem preparat per a salvar-los de qualsevol perill. Estàvem a punt d'eixir quan han entrat els meus pares i Roser corrent, amb els seus sacs de dormir a les mans.

—¿Què ha passat?

—La tenda, que se'ns ha vingut avall.

—Ah, doncs no passa res. Entreu, entreu —els ha calmat l'avi—, encara ens en queda un poc, de sarsa.

Ens trobàvem així, quan a la llum d'un raig, hem vist una ombra que es precipitava damunt nostre. No ens ha donat temps ni a pensar, però segurament es tractava d'un arbre abatut per un llamp que queia sobre nosaltres. Ens hem premut uns contra els altres, i ens hem posat a tremolar. Ha passat un segon, dos, tres. No queia res. Estàvem desconcertats. Per fi, una veu ens ha espantat.

—Hola, ¿puc refugiar-me amb vostés? És que la meua tenda se l'ha emportada el vent.

Era el senyor muntanyenc, que estava mullat de dalt a baix. Mon pare ha dit que ¡ha!, però Frederic l'ha animat dient-li que això li podia passar a qualsevol.

—Vinga, home, entre. On en caben sis, en caben set. Farem una festa. A propòsit, ¿li agrada la sarsa?

I caram, quina festota. El senyor muntanyenc sabia unes cançons precioses. Ell i Frederic s'han posat a cantar i nosaltres els hem fet la percussió amb els estris de cuina. Ha estat ben divertit.

En fer-se de dia, ens hem acomiadat del senyor muntanyenc, perquè ens n'anàvem a passar la resta de les vacances en un hotel, ja que se'ns havien fet malbé tots els queviures que portàvem. Jo estava molt enfadat i no volia parlar amb ningú perquè això de la muntanya em plaïa bastant, però m'he calmat aviat perquè Màrius, que és com li diuen al muntanyenc, m'ha regalat la seua camisa de franel·la, i m'ha dit que quan tornem cap a casa ens visitarà de tant en tant, i jo li he dit que perfecte, que mentrestant em deixaria créixer la barba durant aquests quinze dies de vacances per tal de ser un bon muntanyenc com ell.

ÍNDEX